O SENHOR VAI ENTENDER

CLAUDIO MAGRIS
O senhor vai entender

TRADUÇÃO
Maurício Santana Dias

COMPANHIA DAS LETRAS

Copyright © 2006 by Claudio Magris
Todos os direitos reservados

Título original
Lei dunque capirà

Capa
Mariana Newlands

Preparação
Maysa Monção

Revisão
Valquíria Della Pozza
Roberta Vaiano

Dados Internacionais de Catalogação na Publicação (CIP)
(Câmara Brasileira do Livro, SP, Brasil)

Magris, Claudio
O senhor vai entender / Claudio Magris ; tradução Maurício
Santana Dias. – São Paulo : Companhia das Letras, 2008.

Título original: Lei dunque capirà.
ISBN 978-85-359-1327-9

1. Romance italiano I. Título.

08-09024 CDD-853

Índice para catálogo sistemático:
1. Romances : Literatura italiana   853

[2008]
Todos os direitos desta edição reservados à
EDITORA SCHWARCZ LTDA.
Rua Bandeira Paulista 702 cj. 32
04532-002 — São Paulo — SP
Telefone (11) 3707-3500
Fax (11) 3707-3501
www.companhiadasletras.com.br

A Francesco e a Paolo

O SENHOR VAI ENTENDER

Não, não fui embora, senhor Presidente, como vê, estou aqui. Obrigada mais uma vez pela permissão especial, de fato excepcional, reconheço, não pense que não lhe sou grata; ele também estava muito emocionado, nunca imaginou que obteria a autorização para entrar na Casa, quando a solicitou, para vir me buscar. Temia não ter agradecido suficientemente ao senhor, tanto que alguém — com esta luz fraca, não vi com clareza quem era; aqui dentro se vê pouco, uma sombra desliza e se perde antes que se possa ver o rosto, e de resto todos se assemelham, todos nos assemelhamos numa Casa como esta, é lógico —, alguém acreditou que ele no último momento quisesse voltar atrás para agradecer-lhe mais uma vez por esta sua concessão e que talvez tenha sido por isso que... Se as coisas terminaram assim, não é culpa de ninguém — ou melhor, é culpa minha, mas não importa quem ou o que se faz aqui dentro. Pelo menos é o que pensam os que estão lá fora, para os quais não contamos mais nada.

Para ele, ao contrário, eu contava e contava muito, já que resolveu enfrentar o desafio de vir até aqui embaixo e não capitulou, como os outros, diante dos severos regulamentos da Casa de Repouso, que proíbe aos hóspedes — em seu próprio, e nosso, interesse — receber visitas e pôr em perigo nossa paz e tranqüilidade, e muito menos fugir, é claro, só me faltava essa, para aquela vala, aquele caos de tráfego e de gente mal-educada ou pior, para não falar do mau tempo, do qual pelo menos aqui estamos protegidos. Mas ele gosta muito de mim, está apaixonado como no primeiro dia; envolveu-se e já não podia continuar sem mim, desde que minha saúde piorou de repente e me obrigou a internar-me na Casa de Repouso — bonita, confortável e bem equipada, não há o que dizer —, e ele chorava e esbravejava e se largava, barba comprida, sem nem trocar a roupa íntima. A cada amigo que encontrava começava a desfiar sua desgraça e solidão; não lhe bastava saber que eu estava perto e bem cuidada, melhor ali do que em casa ou no hospital, dizia, com certeza, mas como eu faço sozinho, circulo pelos quartos vazios como se fossem de outro, de um estranho, se abro uma gaveta é sempre a gaveta errada, requento o café do dia anterior, amargo, e a cama, a cama vazia... Do lado dela ainda vejo a leve depressão de seu corpo, se exaltava; é impossível, eu sei, os lençóis foram trocados não sei quantas vezes, mas está ali, sim, ali, repetia, aquele vazio leve ao meu lado, comigo, sua ausência rente a mim, companheira da minha vida, nem mesmo os livros eu consigo achar, era ela que os mantinha em ordem, não, vocês não podem entender...

Depois de um tempo até os amigos se afastaram, aquela melancolia incansável incomodava as pessoas, e também sua mania de bater no peito, de acusar-se de culpas insondáveis... É natural, diziam, todos fazemos assim, quando alguém está mal só há essa saída, as Casas de Repouso existem para isso, para os nossos queridos, para o bem deles quando estão mal, porque quando estão mal — e Deus sabe se eu não estava mal com aquela maldita infecção, pior do que se uma serpente venenosa me tivesse mordido, um fogo e um gelo e uma fadiga por todo o corpo — não sabemos como ajudá-los, o que fazer com eles. Para isso existem as Casas de Repouso. É preciso se conformar, aliás, ficar satisfeito e em paz com a própria consciência quando os acompanhamos e os confiamos àquele pessoal tão qualificado.

Mas ele não, não se comanda o coração, dizia, o coração se arrebenta, e se você diz não se arrebente ele se arrebenta mesmo assim, como o meu, protestava, ah, eu não suporto mais, saber que ela está lá, naquele ambiente, naqueles salões ou naqueles quartinhos, naquela colmeia, ela em meio a todos os outros, ressecados como múmias, sujos; sei que os limpam imediatamente, tudo é sempre mantido em ordem, inclusive o jardim, mas enquanto ela, tão linda e delicada e sonhadora — sim, ele me vê, uma maravilha de homem, o meu homem —, com aquele rosto e aquele sorriso imarcescíveis pelos anos, em meio a todos os outros — ela talvez até esteja bem, acrescentava, não lhe falta nada, eu sei, mas e eu, como faço sem ela, ela é feliz e eu, miserável, piedade, piedade do amante infeliz... Se pensam que estou exagerando, dizia aos amigos, quer dizer que não têm nem coração nem sentimento, não têm poesia no coração, quem jamais poderia entender minha pena e meu tormento, a dor aguda, o sofrimento de um poeta...

E se punha a escrever naqueles cadernos que eu conheço bem; escrevia o meu nome e depois alguma outra coisa e de novo o meu nome e mais outra coisa, mas depois arrancava a folha e a jogava fora, porque compreendia que não tinha nada a dizer. Dessas coisas ele entende, as tem no sangue, percebe logo quando lhe saem banalidades — ele sempre se perdoou tudo, com as mulheres então se permitia embaralhar as cartas na mesa como bem quisesse e ainda pretendia ser compreendido e afagado, tão sensível e vulnerável como era... mas com as palavras, não, não perdoava nada, sentia imediatamente quando não ia bem e não tentava se enganar.

No fundo, só quando estávamos juntos ele se sentia tranqüilo, seguro — inclusive a respeito daquilo que escrevia, depois que lia para mim e o confirmava em meus olhos —, aliás, dizia, sobre sua boca, quando os lábios antes meio severos se entreabrem suavemente, quase num sorriso, não, ainda não, mas... É claro que eu desbastava suas palavras — ele, tão excessivo, imoderado, magnânimo, como sempre foi, espalhava palavras a mancheias, e eu as debulhava, jogava fora a casca, o caroço e até muita polpa, quando era preciso. Ele não seria capaz, ávido, incontinente e compulsivo como era, sempre uma garfada e uma taça a mais, mas por mim se submetia a dietas e sabia que, se sobrasse alguma coisa no prato depois de eu ter passado tudo na peneira, aquilo era algo realmente bom. Com você ao meu lado, dizia, eu sei quem sou e não sou nada mal.

Se o mimaram com todos aqueles louros e prêmios literários, é mérito meu, que limpei suas páginas de tanta gordura e de tanta papa sentimental — ah, quanta tralha foi para o lixo graças a mim, quem sabe entre os papéis rasgados foi parar algo de bom, vai saber, bem, paciência, é assim que se aprende. De qualquer modo, ele não dava um pio — sempre concordava comigo, tinha faro para essas coisas e reconhecia o meu faro, e se às vezes percebia algum erro meu — oh, quase nunca — continuava calado, com certeza não queria arriscar uma briga por causa de uma linha a mais ou a menos. Era a Musa dele, e a uma Musa se obedece, não é?

Um poeta repete fielmente aquilo que ela lhe dita e assim conquista seus louros. Depois os leva para casa e sua Musa os coloca no assado que lhe prepara com tanto amor, porque assim fica mais saboroso. Ele, naquela confusão entre um louro na cabeça e outro no prato, repetia igualmente em casa, à mesa, aquilo que eu dizia. Meu Deus, falastrão como ele é, ampliava e amplificava e acrescentava coisas suas e eu deixava que pontificasse, especialmente se tivesse gente, aliás, ficava orgulhosa de sua loquacidade tão ágil e faceira — é o que me falta tanto aqui dentro, todos silenciosos ou murmurando como na igreja —, ficava orgulhosa de ouvi-lo repetir, floreadas, exageradas e gordas, as coisas que eu lhe havia dito. Ainda que as tornasse engraçadas para cativar a audiência, eu o deixava fazer, pois sabia que em relação às coisas essenciais, como pôr o agasalho, parar de fumar e de jogar cartas com aqueles outros desocupados, ser menos gastador, dar um basta na política e não voltar tarde da noite, não dava um pio, como quando eu eliminava uma de suas páginas ou um capítulo ou uma poesia, por exemplo, todas as que ele dedicou àquela sirigaita três anos atrás.

Eu tinha orgulho e queria que todos o admirassem e não me importava que não soubessem que o mérito era meu, que o fazia andar na linha. E agora me dá uma raiva que ele, com a desculpa do sofrimento e da dor, se deixe levar por todas as indecências que eu havia limpado uma a uma, como os fiapos no paletó ou os pêlos do nariz — é verdade, eu o espanei e transformei do alto dos cabelos até a ponta dos pés, desde que passamos a viver juntos, tanto que ninguém o reconhecia mais: estou certa de que ele, ao ver seu rosto no espelho, tão em ordem, também ficava boquiaber-

to. E deu um trabalho enorme, mas aquele mima-
do, em vez de me agradecer... Paciência, é o destino das mulheres. Seja como for... Mas voltar agora às unhas imundas, barba longa, altas horas e na
cama até o meio-dia... enfim, ele faz o que bem
quer, como se fosse um garoto sem eira nem beira, sempre malcuidado... Ah, se eu saísse, me bas-
tariam dois dias...

Sei, sei que às vezes ele não suportava mais...
por quê? E eu não? Mas... mas ele também sabe
que, apesar de tudo, foi entre os seus braços que
me tornei mulher e foi entre os meus que ele se
tornou homem... um verdadeiro homem, não um
narciso temeroso; alguém que segue a estrada jus-
ta, sem medo do que poderá ocorrer. Para ser
franca, desde que estou aqui ouvi dizer que ele está insuportável, choroso e prepotente; pede ajuda
a todos, não escuta ninguém e quer que lhe dêem
ouvidos e o admirem só porque não sabe como
agir. Mas se eu estivesse lá...

E quem sabe como fará agora, já que não
posso mais datilografar seus versos... Faço muitos
erros, ele dizia, me viro muito mal, é uma vergo-

nha, mas também era muito cômodo, pois assim era sempre eu que fazia, enquanto ele lia os jornais ou saía para beber uma cerveja. Agora, sem mim, ele vai se dar conta — essas mulheres que vão prestigiá-lo toda vez que ele lê algo em público ou faz uma conferência e depois o bajulam, o afagam —, aquelas estúpidas adoram quem sabe rimar duas palavras e se iludem achando que talvez lá no fundo haja um grande coração — e o abraçam, o puxam para cá e para lá, no final uma delas vai ficar com seu paletó nas mãos, outra com um braço, e o fazem autografar os livros, escrevem-lhe cartas exaltadas, e ele responde a todas, também em tom inspirado. Às vezes me pedia que respondesse por ele, em seu nome, e eu me divertia deixando-as ainda mais lisonjeadas, mantendo-as no cabresto — mas queria ver se alguma lhe datilografaria os textos ou os digitaria no computador, copiando seus garranchos ilegíveis, aquela grafia de neurótico.

Mas apaixonado e teimoso, como um autêntico neurótico. É lindo ser amada por um neurótico, dá segurança. Você sabe que não passará em branco, como uma idéia fixa resistente a todos os golpes da vida. Não creio que tivesse me apaixonado tanto se ele não fosse tão neurótico. O senhor sabe alguma coisa da ansiosa meticulosidade dele, senhor Presidente. O pedido de permissão da minha saída, com todos os carimbos e timbres de praxe, o recurso após a sua primeira negativa, feito com novos anexos e a minuciosa contestação dos vícios de forma do seu documento, sempre com aquela sábia dosagem de precisão burocrática, maníaco formalismo jurídico e repentinos vôos da fantasia e ímpetos apaixonados, destinados a persuadir o Conselho de Administração da Casa de Repouso — embora ninguém aqui, especialmente o senhor, se deixe impressionar por belas frases, súplicas e orações que fariam chorar os mortos.

O senhor, Presidente, conhece melhor do que ninguém o coração humano. Há tempos imemoriais, uma eternidade, o vê inchar pomposamente, palpitar exaltado, abrir-se com entusiasmo quando é o caso e fechar-se, árido, quando se trata de pagar realmente um tributo — sempre com boa-fé, bem entendido, pois todos se comprazem por sofrer de hipersensibilidade e se enternecem dolorosamente ao ver sofrer os outros que inocentemente feriram. Como evitá-lo, é a vida; claro, é triste ver murchar as flores que o destino cruel nos fez pisar, mas... Se for por isso, ele também não tinha escrúpulos quando se tratava de alguma jovenzinha inocente e cheia de si. Se ele arrancava alguma pequena flor, é porque estava convencido de que, ao fazê-lo, elas podiam orgulhar-se de adornar a guirlanda de um poeta, não é mesmo?

Como? Não o escuto bem, Presidente, me desculpe. É que não o vejo neste escuro — entendo, entendo, não é sovinice da Casa, é que muitos estão dormindo, não se trata de um protesto, só me faltava essa, eu seria uma ingrata depois de ter recebido aquela permissão excepcional, excepcionalíssima, uma verdadeira graça, e se eu não a aproveitei foi apenas por minha culpa. Aliás, esta luz velada e opaca me agrada; tenho a sensação de estar no fundo do mar, onde tudo está parado, imóvel, até o tempo. Gostávamos tanto de imergir juntos na água azul-escura, subitamente profunda, na orla de nossa ilha; talvez somente lá embaixo, na fixidez daqueles instantes longos como séculos, fomos de fato felizes. Mas também aqui dentro, aqui embaixo, neste semi-escuro... Só queria dizer que não consigo vê-lo, senhor Presidente, não sei onde o senhor está, e por isso talvez me vire para o lado errado e de vez em quando suas palavras me escapem. Ah, queria perguntar se comigo também foi assim, se eu também fui uma de suas pobres flores cortejadas, despetaladas e, uma vez murchas, desaparecidas...

De modo nenhum, fique tranqüilo, comigo não foi assim. Aliás, do contrário ele não teria tido esse trabalhão de vir até aqui dentro, até aqui embaixo; uma coisa assustadora, nunca se ouviu falar de algo parecido — somente ele, por mim, por mim que não sou uma flor a ser colhida, dizia, mas uma chama onde seu coração se esquentava ou até queimava, um vinho áspero e doce que lhe matava a sede e a cada gole era um grande ardor, um grande verão... Ensinei-lhe tudo, a permanecer longamente dentro de mim, antes e depois, a esperar que eu lhe permitisse, que lhe ordenasse o momento justo, e todo o resto. Quando fazíamos amor era como um mar, uma grande onda que embala, se ergue, se afunda e se quebra na orla; ele sem mim seria ainda um menino, alguém que faz amor como quem assoa o nariz, não um homem.

Sim, ensinei tudo a ele. Não só o amor. Isso também, é claro, e ainda todo o resto, a coragem, a fidelidade, olhar a escuridão e não se importar com o pavor... — um homem, e não um escrevinhador que faz proezas com a pena e depois se derrete. Entrava em mim como uma espada, dócil e potente, senhor, escravo, companheiro, tudo — a asa de falcão rasga o céu, cheiro de terra úmida, meu, dele, folhas rolam no vento. Com essa espada você não tem mais medo de nada e, entre meus braços e minhas pernas, ele também se esquecia dos medos que tinha, e é claro que eram muitos, mas os atirava para trás dos ombros, assim como fazia com as roupas quando íamos para a cama. Que pena me dão os que têm medo, os que se agitam por um grãozinho a mais no seio ou na barriga, por uma barata embaixo da mesa ou uma lufada de ar; as pessoas são cheias de tiques, e isso quer dizer que não fazem amor como se deve, senão perderiam essas manias, eu mesma não fiz tanto alarde por causa daquela infecção, embora Deus saiba quanto me incomodou, mas não se pode agir feito uma histérica por qualquer ameaça que aparece — mesmo que nos venham prender aqueles esbirros vestidos de preto e nos empurrem para aqueles carros pretos, são todos dignos de pena, assim como todos os carcereiros e patrulheiros e valentões deste mundo. E se me vinha um arrepio, é natural, acontece, bastava pensar no dele...

Desculpe, Presidente, não pretendia entrar em confidências e muito menos ser mal-educada. Disseram-me e repetiram muitas vezes que não se deve falar dessas coisas. Com o senhor, então, seria uma ousadia, uma indecência. Mas... aí está, antes eu também achava que o senhor fosse severíssimo, puritano, alguém que puniria Adão e Eva só porque talvez fizessem amor naquele belo jardim, e só de ver aquelas flores lindas, aquelas corolas abertas, devia-lhe vir uma vontade maior do que a de nós dois naquele verão à beira-mar... Enfim, o senhor parece um daqueles que não vêem com bons olhos as classes mistas. É uma calúnia, posso testemunhar, ainda que o senhor não esteja nem aí para as mentiras e vulgaridades que dizem a seu respeito. Desde que estou aqui, nesta grande Casa — nem sequer a conheço por inteiro; inteiro?, não conheço nem uma pequena parte —, não me parece que seja assim, que o senhor se importe com essas coisas, ao contrário, acho até que lhe dá prazer se dois... Seja como for, não se intromete. Já em outros assuntos — como brigar, mentir, fazer mal a alguém —, vê-se logo que não transige, se transforma num verdugo. Talvez porque aqui dentro não haja muito com que se preocupar, não há o perigo de que alguém avance as mãos sob as saias ou entre as calças... com estas luzes tão baixas, este frio e tão pouco ar estamos todos meio abatidos, senão, aliás, não estaríamos aqui, e não é que tenhamos uma grande vontade de trep... enfim, de gozar os prazeres e pecados da carne. E assim o senhor, ao dirigir a

Casa, não se importa e deixa correr alguma promiscuidade inofensiva.

Pelo menos é o que acho, porque nunca falamos disso. Também pudera, nunca o tinha visto. Inclusive, devo dizer que isso me espantou um pouco. Que o senhor não dê as caras lá fora, é óbvio. Quem sabe passeie disfarçado, aliás, com certeza, já que o senhor não é um interno como nós, mas também não pode correr o risco de ser reconhecido. Já imaginou? Todos ao redor, rogando, agradecendo, protestando, se favorecendo, insultando, pedindo desculpas, jogando na cara, desfiando lamentações e questões e imbróglios e desgraças de sabe-se lá quando... nem o senhor, com tanta autoridade, tão temido, escaparia facilmente da situação. Mas aqui dentro, na Casa, o senhor até poderia mostrar sua face — assim, só para nos assegurar, pronto, estou aqui, fiquem tranqüilos. Afinal o senhor é o Presidente da Fundação que mantém a Casa, o primeiro e até hoje único Presidente, aquele que montou toda a barraca, dentro e fora, por amor a nós... No entanto não se mostra nunca aqui dentro, ninguém nunca o viu. Deve ser culpa dessas luzes difusas e tão tênues que parecem apagadas — coisa que, me desculpe, talvez seja sugestiva, e pessoalmente não me desagrada, mas não é de bom gosto, às vezes parece que estamos numa discoteca duvidosa, e se lá não se entende nada por causa da música a todo volume, aqui estão todos calados ou falam tão baixo que não se entende nada do mesmo jeito.

Mas, afora as luzes, o fato é que não há uma grande diferença entre a Casa e lá fora, como se pensa, ou pelo menos como a Casa divulga em suas filiais, em seus escritórios de representação e numerosas agências. Não se deve acreditar nesses caixeiros-viajantes; eu os entendo, eles precisam vender seu peixe, têm família, exibem folhetos, fotografias e cartazes, praias maravilhosas, os ingressos para o paraíso custam pouco, comodidade e decoro garantidos e descontos para as famílias, quando é o caso, a senhora vai ver, lá é tudo diferente, a vida verdadeira que a nossa sociedade falsa e corrompida poluiu. Adão e Eva fizeram porcarias por todo lado, e seus filhos e netos foram ainda piores, o mundo está doente e arruinado, subam no carro — prontificado pela própria empresa, incluído no preço — e dêem a partida, vocês não vão se arrepender, nem podem imaginar como se sentirão bem, na Casa tudo é diferente.

No entanto quase não me dei conta de que estava do outro lado. As ruas, por exemplo, se parecem, são quase iguais. Apinhadas de gente que caminha, se toca, se choca, se olha de viés e com desconfiança, desaparece entre as casas e nos corredores, um rio que escorre entre remansos e curvas, se engrossa ou se afunila entre as margens, ainda que sejam margens invisíveis, inexistentes. A água brilha por um instante na luz, desaparece na sombra; uma nuvem, o teto se abaixa, a maré escura quebra sobre você, o arrasta, mas não o machuca, a água é macia como névoa, e a multidão que o pressiona também é macia, corpos de tenro barro que se dissolvem em suas mãos e se dissipam antes que você os abrace. A corrente é veloz, as árvores dobram suas copas e seus ramos sobre a água, açoitam seu rosto, mas é só uma leve carícia de folhas que logo se desfaz; um rosto passa ao seu lado, sorri-lhe incerto e some em seguida na multidão rarefeita como fumaça. O coração se aperta. Meu amor, seja meu escudo...

Aquele domingo na cidade onde você era soldado — ontem, hoje, há milhares de anos, aqui somos proibidos de ter relógios e calendários, confiscados já na entrada, tudo é agora e nunca —, oh, soldado, você estava fardado, com todos aqueles livros que tinha escrito o indicaram imediatamente para o posto de escrivão, no setor de provisões; embora cometesse muitos erros, você não se importava, porque não se tratava das suas canções; de qualquer modo a máquina de escrever lhe agrada, seus dedos batem nas teclas como golpes do destino, as letras e os números escorrendo sobre a página. Sempre gostou de escrever, não importasse o quê, simplesmente escrever; é o gesto que conta, gesto de poeta, gesto de rei, soberano arbítrio sobre as pobres vogais e consoantes que se apresentam ao comando e se põem em fila, avante, marche, volver a direita, romper as fileiras. Embolar o papel e jogá-lo na cesta; mas isso, lá, na caserna, você não podia fazer; cada folha era correta e sensata, e você a colocava em ordem nos mapas e nos registros. Quem dera tivesse sido sempre assim também fora da caserna, mesmo depois de encerrado o serviço militar; cada palavra, cada frase, cada página justificada e necessária como naqueles registros, uma forte e bela canção da vida.

No entanto, uma vez lá fora, desimpedida a saída, entregue a patente, de partida, as canções, até as suas, se confundem na algaravia e no murmúrio, toda uma falação que se perde nas ruas; e é inútil erguer a voz, é ainda pior, uma ênfase estrídula, um rodopio de vento espalha as páginas sobre a mesa e as dispersa quem sabe onde. Inclusive agora, quando lá fora você grita atormentado meu nome ou um daqueles tantos nomes que gostava de me dar precipitando-se em mim, minha Eurídice, dizia, minha... — até agora, enquanto você grita e chora o amor perdido, em rima com o escorrer das águas e o farfalhar das folhas ou em versos soltos e selvagens como as buzinas pelas ruas, quem sabe o que irá surgir...

Já na caserna você mantinha os papéis em

ordem; até o chefe do setor estava satisfeito contigo e o deixava sair à vontade, quando eu ia encontrá-lo. Como naquele domingo... as ruas cheias de gente se empurrando, trombando, às vezes nos separávamos na multidão. Nós dois, tímidos, ardentes, envergonhados, procurando um quarto, recortando no universo que exibia suas garras um ínfimo espaço para nós, pequeno e estreito para que apenas pudéssemos ficar juntos, abraçados. Fazer amor no chão, na cadeira próxima à bacia de água no cômodo daquela velha alcoviteira; uma hora, disse com obscena familiaridade, sabia que rumorosa a vida, adulta, hostil, ameaçava nossa juventude — não, esses versos não são seus, meu amor, talvez você nem os conhecesse, fui eu que os rememorei e recitei naquela multidão, e você não se cansava de repeti-los, sempre teve o instinto certeiro da grandeza, e os cantou e recitou em sua lira. Mas e daí que não fossem seus, eram seus, você dizia; o canto fala por todos, inclusive por mim, que jamais saberia criar aqueles versos. Você sabia que a poesia não é nunca só sua, como o amor, mas de todos;

não é o poeta que cria a palavra, você dizia e declamava, é a poesia que tomba sobre ele e o faz poeta, assim quem sabe você se consolava um pouco, pobre flauta em que sem seu mérito sopra o deus como em todas as flautas, até naquelas maiores e melodiosas, mas não por sua virtude. Que importa de quem é aquele canto se fala por você, por nós, que importa de onde vem a água que lhe mata a sede e se torna sua em sua boca? Tantas palavras minhas também terminaram entre seus cantos, entre suas rimas mais celebradas e admiradas por todos, e eu estou feliz por isso, porque é você quem as diz e assim me ama ainda mais...

Escalamos ágeis aquelas escadas para não perdermos minutos e segundos preciosos daquela hora que pagamos adiantado; tive piedade da rufiona que escarnecia de nós, pobre coitada, convencida de que aqueles dois, nós dois, assim como tantos outros, após alguns tremores e manchas nos lençóis, desceríamos por aquela escada como estranhos, indiferentes, com pressa de se despedir e desaparecer cada um dobrando uma esquina diversa. Pobre velha ignorante; quem dera fosse sempre assim, o dinheiro em sua mão suada, um rápido resfolegar, alguma brincadeirinha ilícita, cada qual tem a sua, coração sossegado, em paz, ausente, nada mais e tudo vai bem, o mundo é um hotel de passagem, um paraíso, nenhum aperto no coração, nenhum adeus. E no entanto, mesmo no hábito mais exausto, no mais abjeto vício, aquela densidade de amor, aqueles olhos estrangeiros e perdidos que por um instante dizem tudo o que falta... A felicidade, o vazio, a catástrofe, a plenitude insustentável de estar juntos...

Quando afinal já estava claro que eu estava prestes a me transferir para a Casa e você passava as horas em minha cama, eu me via muito bela em seus olhos; desejava a mim vendo seu olhar; sabia que estava branca e pálida, esgotada por aquele veneno, mas em seus olhos continuava queimada de sol e de mar, como quando íamos para a nossa pequena ilha, a alcançávamos a nado e desembarcávamos entre o grito dos pássaros marinhos, nus e esplêndidos como deuses. Você estava sentado na beira da cama, eu peguei sua mão e me acariciei com ela por baixo das cobertas; sua mão afundava em mim, o pescador descia à gruta submersa novamente úmida e cintilante, eu o guiava naquelas profundidades, sem medo, nunca tive medo do amor, mas você sim, homem de pouca fé, e eu a cada vez o salvava da voragem da angústia fazendo-o afundar em mim, entrar, penetrar em minha funda escuridão; quando você descia à noite escura do meu ventre, reencontrava sua clareza, sua liberdade e segurança. Como naquela gruta marinha de nossa ilha, dizia; mergulha-se nas trevas e depois se encontra numa maravilhosa luz azul.

Também naquela vez, no início, você hesitava afundar em mim; sua mão avançava incerta sob as cobertas, era a minha que a guiava e empurrava para dentro. Entrando em mim, sentia que você voltava do fundo do seu medo, reconquistando a força e a coragem; sua mão a princípio cautelosa se fazia ousada e forte, aquele prazer noturno na fímbria da grande noite que estava descendo sobre nós era incontrolável, em sua mão gozei como talvez nunca antes — vá ao mar, lhe disse logo em seguida, a essa nossa baía que de tão azul parece negra —, depois de ter feito amor, naquela ilha, íamos sempre mergulhar no mar — vá, faça isso por mim, todo prazer seu é também meu e o restitui a mim ainda mais forte e mais homem. Sem aquela vez debaixo das cobertas — a última, depois o veneno venceu em minhas veias — talvez você não tivesse tido a coragem de entrar aqui dentro, de descer para me buscar aqui embaixo, na Casa, neste outro antro de trevas.

Pois então, senhor Presidente, quando soube da notícia inacreditável, a única permissão jamais concedida a nenhum outro, a primeira coisa que pensei é que iríamos de novo ao mar. Como ele deve ter sido ousado, pensei orgulhosa, quem sabe o que fez para comover até o senhor Presidente, o senhor, tão misericordioso, mas também justo e severo, o senhor, que perscruta os corações e não se deixa enganar por encenações e lágrimas fáceis, como tantos lá fora, prontos a serem trapaceados por alguém com o coração na mão. Aliás, devo dizer que, se tivesse sabido da idéia temerária dele, louca e grandiosa, de vir aqui dentro a apresentar-se ao senhor com aquela solicitação insólita, abusada, eu teria medo de que o senhor se enfurecesse e tomasse tudo por uma bravata. Conheço o meu homem, até quando se queixa de dor de barriga parece uma tragédia. Eu também às vezes ficava irritada, aliás, comigo ele não se permitia aquelas cenas, eu logo lhe tirava a vontade. No entanto agora me dizem que ele voltou a transbordar em palavras... Mas... aí está, poucos percebem quanta dor verdadeira, quanta paixão e amor de fato vivem em suas encenações. Claro, eles não são poetas e não podem entender os que são poetas. Mas o senhor, Presidente, certamente deve ser um poeta, oculto e grande, anônimo como os grandes poetas antigos, cuja identidade se desconhece... Então, se deixou que ele viesse me buscar, deve ter lido o coração dele melhor do que eu, porque às vezes até eu...

Imediatamente fui atrás do senhor; aquela idéia do mar me dava asas, eu caminhava e subia veloz as escadas na penumbra, atravessava os longos corredores, os salões térreos e depósitos atulhados de bolsas, valises e pacotes, tudo o que tentamos trazer para cá e que no entanto, segundo o regulamento, devemos confiar aos funcionários. Quem sabe o que eles fazem depois com aquela bagagem, já que é proibido restituí-la, inclusive aos familiares. Talvez os volumes permaneçam simplesmente ali, abandonados num canto, consumindo-se e apodrecendo até que desapareçam. Do contrário, há tempos teriam ocupado e abarrotado toda a Casa.

Eu caminhava, corria, tropeçava em algumas poças, o seguia, o perseguia, não via a hora de falar com ele, de mirá-lo nos olhos. Mas era proibido e eu sabia os motivos. Se os outros tivessem sabido daquela visita impossível, jamais concedida a alguém... talvez antigamente, dizem, muito tempo atrás, mas é uma dessas histórias que são contadas às crianças para acalmá-las, para que acreditem que não é totalmente impossível e que, portanto, podem ficar tranqüilas e confiantes, mas aconteceu muito, muito tempo atrás, há tantos anos que é como se não tivesse ocorrido ou quem sabe sim, mas tanto tempo atrás que se pode esperar, mas com paciência, enorme paciência, porque antes que aconteça de novo deve transcorrer o mesmo tanto de tempo e sendo assim não é o caso de se agitar. Mas se soubessem que ele de fato esteve aqui dentro, que veio aqui embaixo em carne e osso, por mim, se nos tivessem visto juntos, quem sabe a revolta que haveria. Meu Deus, mas que revolta. Não provocam, não provocamos medo em ninguém, de tão maltrapilhos e macilentos que estamos, uma fieira de roupas penduradas no gancho. Mas somos — sou, parece que já posso dizer — tantos, e tão inumeráveis, que podemos inspirar um pouco de medo, um enxame de insetos que turva o céu.

Corria silenciosa, fendia a aglomeração porosa. Filas de gente passavam diante de mim, sombras como os passantes naquela alameda à beira-mar, recortados no fogo do pôr-do-sol, figurinhas de papel dobradas pelo vento. Eu as atravessava apressada, tentando não dar muito na vista, e respondia a qualquer leve sorriso de cumprimento que me parecia perceber de vez em quando em um rosto. Névoas se desfiavam, grumos de barro se desfaziam sem barulho sob meus passos; ele diante de mim, distante, sua coluna reta e jovem como se os anos não tivessem passado nem mesmo para ele. De vez em quando desaparecia no fundo de um corredor, além de um declive íngreme, afundava naquelas estranhas flores escarlates que a Administração espalha pela Casa e depois amontoa em toda parte, uma manta de brasas cada vez mais escura. Estranho como eu não sentia o cheiro certamente passado daquelas pétalas carnosas e decompostas; talvez esteja habituada, pensava, enquanto ele reaparecia, erguendo-se de um arroio ferruginoso onde escorregara. Ele avançava com dificuldade, eu apenas deslizava sobre aqueles pântanos e precipícios; poderia alcançá-lo num segundo se não me refreasse, sabia que não devíamos aparecer juntos, se é que aqueles olhos brancos à nossa volta, tanto tempo mergulhados no breu, ainda podiam distinguir uma sombra da outra.

Não me assustava a idéia de logo me ver de novo lá fora, onde tudo é tão mais difícil e cruel do que aqui na Casa. Sozinha, sim, eu teria tido um medo imenso e jamais sairia desta paz que eu desejara e invocara quando aquele morbo mais venenoso que uma serpente me prostrara. Também ele, sozinho lá fora, com certeza deve ter tido medo; talvez por isso tenha vindo me buscar. Não para me salvar — embora estivesse convencido disso, dando a entender em suas canções. Talvez enganadoras, mas fascinantes; eu o teria seguido só para ouvi-las de novo.

Não, ele não viera para me salvar, mas para ser salvo. Como posso cantar minhas canções em terra estrangeira?, me dizia. Eu era a sua terra perdida, a linfa de sua floração, de sua vida. Ele veio para retomar a sua terra, da qual fora exilado. E também para ser mais uma vez protegido daqueles golpes ferozes que chegavam de toda parte e que eu sempre aparei para ele, as flechas venenosas destinadas a ele que entretanto encontravam meu peito, tenro nas mãos dele, mas forte como um escudo redondo recebendo e aparando aquelas flechas, interceptando e absorvendo todo o veneno antes que chegasse a ele. No final foram tantas que o veneno me venceu, mas entre os braços dele eu também fui feliz e sem medo; não importava onde a flecha atingisse, se no flanco ou no coração, no meu ou no seu, quando dois são um. Sem ele, também eu não teria sido nada, assim como ele; uma mulherzinha e um homúnculo que olham apavorados ao redor, tentando não fazer feio, sem ver os lírios do campo.

Não, eu não temia o ar cru e cortante que em breve me sopraria de novo no rosto. Nem sequer as complicações que enfrentaria ao voltar para casa. Certamente na minha ausência ele deve ter arranjado algum caso amoroso, pensava comigo; talvez até sério, porque ele é uma alma generosa e se apaixona de verdade; enfim, ele mesmo diz e acredita nisso e assim acaba arranjando confusões. Mas eu mesma já o havia perdoado — mas o que estou dizendo, perdoado?; só quem não está apaixonado perdoa facilmente, quem ama é implacável, não deixa passar nada. De resto, comigo ele não teria tido a coragem de trapacear como faz com ele mesmo, de me falar de irmãs generosas que só queriam amenizar sua grande dor, de me dizer que nem ele compreendia como certas vezes pôde ter acontecido... Não o perdoava de modo nenhum e o perseguia, sim, até para lhe dizer o que merecia, para que pagasse pelo que fez, não sabia por quê, mas que pagasse mesmo assim. Queria só ver se ele teria tido a coragem de se justificar — eu já tinha descoberto fazia tempo aquela sua mania de ter sempre razão, e também sua prepotência de sempre querer me contestar quando o acuava —, e sabia bem o porquê, ou pelo menos o intuía, pressentia — aquelas insinuações dele de que talvez eu também tivesse cometido os meus erros... Meu Deus, como essa suspeita me feria, essa pretensão de querer também levantar a voz, quase me arremedando, zombando de mim, como me exasperava sua afetação de ser unha e carne com todo mundo, de abrir as portas e o bolso ao primeiro que aparecesse, sem pensar na família. Mas comigo não cola, e depois de um tempo ele também pôs a cabeça no lugar.

Não me preocupavam aquelas duas ou três sirigaitas que certamente o consolaram durante minha ausência. Elas não cheiram nem fedem; sei que ele é o primeiro a rir quando as compara comigo, e isso de compará-las a mim sempre foi uma mania dele, uma verdadeira fixação. Tanto melhor para mim, porque assim as dispensava logo, quase cansado antes de começar. Posso até entender que um marido faça essas coisas — mas sabendo que, se o espicaço bastante, ele nunca mais vai querer repeti-las. Ele também sempre soube quem é que comanda, na cama. No entanto faz aquele ar de cigano, de amigo do mundo, que, ao que dizem, ele voltou a ter — sim, a poesia, é claro, a humanidade, o sentido religioso do humano e do divino, conheço a ladainha, e enquanto isso fuma na cama e se esquece do aniversário de minha mãe, ao passo que se lembra sempre do de sua velhíssima babá e talvez até das colegas de escola, isso sim me fazia sair do sério e eu queria ver com meus olhos se ele tinha recomeçado.

E assim eu corria atrás dele, abrindo caminho entre a multidão que me envolvia e se dispersava como um bando de pássaros quando sacudimos a copa onde estão pousados. O percurso era longo, longuíssimo — não, não infinito, a Casa é enorme mas não infinita, como se acha lá fora, e logo atravessaria os canais que a circundam, tomaria aqueles elevadores que atravessam incontáveis andares, chegaria à porta vigiada por aqueles cães eletrônicos que haviam recebido da Central a ordem de nos deixar passar e eu sairia, enfim; então poderíamos olhar no rosto um do outro, seu olhar, o meu, os anos que voaram como aqueles pássaros noturnos que batem asas à minha passagem.

Estava próximo, eu o sentia; próximo é um modo de dizer, a Casa é interminável e seus corredores e escadas e galerias e cantinas e aposentos e mansardas parecem não acabar nunca, mas eu sabia, sentia que logo — não importava quando, daqui a anos, daqui a pouco — eu sairia e estaria entre seus braços, sua boca na minha, suas mãos nos meus seios entorpecidos, no meu sexo sem memória que começava a recordar, a despertar, um fio de água voltava a escorrer da nascente ressecada. Tinha a impressão de sentir sua mão de noite na minha, como sempre, nas águas claras e profundas do sono, tão diversas destes charcos limosos e gorgolejantes que não nos deixam dormir — a Casa é o reino da insônia, apenas um de nós adormece, mas não ocorre quase nunca, algum vigilante de turno o desperta sempre. Dizem que, debilitados como estamos, dormir nos faz mal e por isso não devemos nos deixar levar, é perigoso, como adormecer na neve.

E no entanto nós que estamos aqui queremos dormir, e eu estava feliz porque logo iria dormir, dormir com ele — fazer amor na cama, no chão e depois ficar abraçados, bem juntos, entrelaçados, certa vez rimos muito porque ele tinha beijado meu pé e eu achava que estava beijando seu ombro, porém, naquele embaraço de pernas e braços, era a mim que eu beijava. Adormecer de novo juntos, ele ainda dentro de mim, ainda o sentia tremer, cada vez menos, enquanto afundávamos no sono, o amor é este sono em que continua e se apaga docemente sem se apagar realmente nunca — do contrário é só um jato, um atrito, um arranque e logo em seguida já vem a vontade de se levantar, recolocar a roupa e ir embora por conta própria. Estou segura de que fez assim com todas as outras, que somente em mim ele adormeceu nesse grande abandono.

Seus lábios, sua boca, suas palavras. Tanta coisa a nos dizer, a nos contar, depois de tanto tempo. Parecia que eu já o escutava, quando começa não pára mais, fala, fala, inclusive na cama, às vezes eu preferiria que ele ficasse mais calado, pelo menos na cama. Além disso, estava decidida a lhe dizer que queria quartos separados, porque ele ronca e porque de vez em quando precisamos estar sós. Seja como for, quem fez trinta faz trinta e um; se veio até aqui embaixo — com grande cara-de-pau e enorme coragem, e por isso gosto tanto dele, não há ninguém tão capaz desses lances de gênio quanto ele —, que fizesse um último esforço e me comprasse lá em cima um apartamento um pouco mais decente, maior, localizado no centro e com garagem, sem aquele incômodo de ter que procurar toda vez uma vaga, incômodo que cabe a mim, porque senão ele termina batendo em algum carro, e aí é uma beleza. O fato é que, se quiser, ele consegue fazer um bom dinheiro quando arregaça as mangas e começa a trabalhar sem bancar o difícil com o que lhe pedem que escreva, em vez de passar a vida falando e ba-

tendo perna o dia todo. Aquela conversa mole...
Mas até falar, às vezes, é fazer amor, e eu não via
a hora de escutá-lo, de saber o que tinha feito,
dito e escrito, se tinha composto novas canções.

E sobretudo o que havia acontecido com
aquela canção inacabada, aliás nem sequer ini-
ciada, que lhe roía o coração por não saber achar
o tom certo. Aquela condensava tudo, dizia; can-
tá-la e depois descansar a lira não mais necessária,
uma vez escancaradas com o canto as portas obs-
curas e revelado o segredo. Lá atrás, dizia, mos-
trando-me as férreas portas da Casa, quando as
víamos ao longe passeando nos arredores da cidade, as coisas podem ser vistas de frente. Aqui fora podemos apenas ver aquelas portas, cujas re-
luzentes escamas convexas refletem as imagens
fragmentadas das coisas, que se alongam oblíquas
ou se enchem túrgidas se nos deslocamos um
pouco para trás ou para a frente, se adelgaçam e se
dilatam e se aplainam — conhecemos somente
essas fugazes caricaturas, não a verdade, oculta
em outra parte, atrás daqueles espelhos de bronze. Mas eu, meu amor, me dizia, eu não posso mais

cantar apenas as miragens daqueles espelhos, aqueles reflexos ilusórios. Meu canto deve dizer as coisas, a verdade, aquilo que mantém unido ou desagrega o mundo, custe o que custar. E também a vida — não lhe perguntei se a dele ou a minha —, ou então emudecer, que para mim seria pior do que a morte.

E então, senhor Presidente, senti um aperto no coração; uma luz, um fulgor que rasga a escuridão mas também a alma, porque entendi o que ele me pediria logo em seguida e entendi que estava tudo acabado. A estrada desbloqueada, a ponte caída, o abismo insuperável. Parecia que já o escutava me perguntando sobre a Casa, sobre o senhor, Presidente, sobre a Fundação e sobre nós e sobre o que há realmente aqui dentro e como são realmente as coisas, os corações, o mundo. Sim, porque também ele, senhor Presidente, está convencido — como todos, como eu, antes de vir para cá — que, uma vez dentro da Casa, se veja finalmente a verdade de frente — não mais velada, refratada e deformada, mascarada e maquiada como se vê lá fora, mas diretamente, face a face.

Cantar o mistério da vida e da morte, dizia, quem somos e de onde viemos e para onde vamos, mas duro é o confim, a pena se quebra contra as portas de bronze que escondem o destino, e assim se resta fora, compendiando inutilmente o transcorrer e a permanência, o ontem, o hoje e o amanhã, e a pena serve apenas para ser posta na boca, porque somente a Verdade grande e terrível é digna do canto — pelo menos do dele, isso ele não dizia, mas pensava —, e essa Verdade só se conhece atrás das portas.

Lá fora, senhor Presidente, há uma agonia por saber; até quem finge desinteressar-se daria nem sei o que para saber. Ele então se angustia mais que todos, porque é um poeta, e a poesia, diz, deve descobrir e dizer o segredo da vida, arrancar o véu, abrir as portas, tocar o fundo do mar onde se esconde a pérola. Talvez, pensei, ele tivesse vindo me buscar sobretudo — ou apenas — por isso, para saber, para interrogar-me, para que eu lhe contasse o que está atrás destas portas, a fim de que ele pudesse tomar sua lira e erguer o canto novo, inaudito, o canto que diz o que ninguém sabe.

Eu já o via agarrado a mim, esperando minhas palavras, com os olhos verdes e febris... e como eu poderia dizer que... O senhor já entendeu, senhor Presidente. Como dizer a ele que aqui dentro, afora a luz tão mais tênue, é como lá fora? Que estamos atrás do espelho, mas que esse reverso é também um espelho, igual ao outro? Aqui também os objetos mentem, se dissimulam e mudam de cor como medusas. Somos tantos, tal como lá fora; somos até mais, o que torna ainda mais difícil se conhecer. Falei com alguns, mas ninguém sabe de onde vem — sim, a cidade, os pais, tudo bem, até os avós, embora a memória se atenue, mas sobre aquilo que ele busca, o segredo da origem, do fim, ninguém sabe nada. Também fazemos amizades, de vez em quando até um flerte ou quem sabe algo mais, um pequeno amor, um amor, mas aqui também imediatamente já não se sabe qual a diferença entre um e outro, e logo começa a mesma ladainha, incompreensões e mal-entendidos. Rapidamente não se sabe mais se nos amamos ou se é apenas um hábito, e depois todo o resto, resmungos, ciúmes, despeitos, enfim, justamente como em família.

Aliás, por que deveríamos saber mais do que aqueles que estão lá fora, mais do que nós mesmos sabíamos quando estávamos lá fora? E quanto ao senhor, Presidente, por que deveríamos vê-lo aqui dentro? Suponhamos, como supúnhamos, que haja alguém que dirige todo o acampamento, mas quem é, como é, de que é feito... por que deveríamos saber essas coisas? Aquelas doenças e aqueles defeitos que nos mandaram para estes corredores e vales escuros, aqueles pequenos acidentes no coração ou no cérebro, o morbo venenoso de uma serpente ou da torneira do gás não ajudam a entender melhor este imenso labirinto do antes e do depois, do nunca e do sempre, do eu, do tu e do...

Estamos do outro lado do espelho, que é também um espelho, e vemos somente um pálido vulto, sem estarmos certos de quem seja. Se alguém quebra uma perna, não pretende por isso ver o Presidente, e quebrar a cabeça não é de maior ajuda. O rio escorre, o sangue escorre, uma barragem se rompe, a água transborda e inunda os campos, o nadador submerge, bebe, volta à tona, continua a nadar sem ver nada, nem o sol a pino que cega nem o escuro da noite.

Dizer-lhe que eu, mesmo estando aqui dentro, não sei mais do que ele? Seria um tremendo choque para o meu vate. Imaginava suas lamúrias, um homem acabado, um poeta a quem roubaram seu tema; teria pensado que aquela conjura cósmica era uma imensa manobra contra ele, para deixá-lo no chão e condená-lo ao silêncio. Se tivesse dito aos outros que aqui dentro é como lá fora o teriam reduzido a frangalhos, especialmente suas ansiosas admiradoras que o veneram como um mestre de vida, e se tivesse calado se sentiria um covarde. Mas, pior do que tudo, que papelão ter vindo até aqui dentro, aqui embaixo, para depois descobrir que não valia a pena, que atrás da porta não há nada de novo.

Já o imaginava arrasado, perdido, aterrorizado, enfurecido, ressentido, aborrecidíssimo comigo, que lhe estraguei toda a festa — e depois os dias e as noites juntos, eu ao seu lado e ele me olhando atravessado, a desgraçada que derrubou seu palco, assustado com o que eu poderia dizer aos outros, constrangido de aparecer em público em minha companhia, ele, que partiu como um herói rumo ao mundo desconhecido e retornou sem nada no saco. E, quando chegasse a hora, para mim ou para ele, de voltar de novo e definitivamente para a Casa, que desastre a repetição dos adeuses, reduzidos a convenções. De repente me senti cansada, abatida; recomeçar, cozinhar, lavar, fazer amor, ir ao teatro, convidar alguém para jantar, agradecer pelas flores, falar, se equivocar, se desentender como sempre, dormir, acordar, se vestir...

Não, impossível, eu não suportaria, não suportava. Sentia-me de repente extremamente cansada. Mas talvez tivesse rangido os dentes e engolido meu cansaço e levado adiante. As mulheres sabem fazer isso, fazem quase sempre, até quando não sabem mais por que ou para quem. Até mesmo a idéia de tê-lo de novo sempre ao redor de mim não me... mas sobretudo a idéia de ter que calar, mudar de assunto quando ele perguntasse, quando quisesse saber, ele, tão sensível, tão frágil...

Eis então o porquê, senhor Presidente. Não, não foi como disseram, que ele teria se virado para mim por excesso de amor, incapaz de paciência e de espera, e portanto por bem pouco amor. E nem mesmo porque, se eu tivesse voltado com ele, para ele, já não poderia cantar aquelas canções melodiosas e arrebatadoras que falavam da dor de minha perda e de toda perda, músicas que giraram o mundo difundidas pelos jukebox e depois pelos CDs, adoradas por todos que só continuariam a adorá-las se ele as cantasse mais ainda e cantasse outras como aquelas, o sofrimento por minha distância, o vento que movia as cordas de sua lira, que o tornava poeta somente se estivesse sem mim, pela dor de estar sem mim.

Conheço essa estúpida maledicência. Não, senhor Presidente, não foi por esse motivo indigno e banal que ele se virou para trás e me perdeu. Trata-se de uma calúnia de colegas invejosos, que querem pintá-lo como um narciso egoísta para que ele perca o favor do público, talvez os mesmos que também difundiram aquelas histórias sobre os belos rapazes com os quais ele teria buscado consolo na minha ausência, deixando enfurecidas suas admiradoras mais exaltadas, capazes de arrancar-lhe os olhos por ciúme. Não, senhor Presidente. Fui eu. Ele queria saber e eu o impedi. Deus sabe quanto me custou. Sim, é verdade, eu estava cansada, a essa altura já estava habituada, quase afeiçoada à Casa e aos seus ritmos. Mas gostaria tanto de sair por um tempo — só por um tempo, nós dois sabíamos disso —, naquela luz de verão — pelo menos por um verão, um verão naquela pequena ilha onde eu e ele... Mesmo sozinha, mesmo sem ele eu ficaria feliz de dar um passeio por aquelas bandas.

Mas eu o destruiria se saísse com ele e respondesse às suas inevitáveis perguntas. Eu, destruí-lo? Melhor deixar-me morder por uma serpente cem vezes mais venenosa do que aquela banal infecção, muito melhor.

O senhor vai entender, senhor Presidente, por que, quando já estávamos bem próximos das portas, eu o chamei com voz forte e segura, a voz de quando eu era jovem, e ele — sabia que não teria resistido — se virou, enquanto eu me sentia aspirada para trás, leve, cada vez mais leve, uma figurinha de carta no vento, uma sombra que se alonga, se retira e se confunde com as outras sombras da noite, e ele me olhava petrificado, mas firme e seguro, e eu me dissipava feliz diante de seu olhar, porque já o via retornando aflito mas forte para a vida, ignorante do nada, ainda capaz de serenidade, talvez até de felicidade. Agora, de fato, em casa, em nossa casa, ele dorme tranqüilo. Um tanto cansado, é claro, porém...

ESTA OBRA FOI COMPOSTA POR 2 ESTÚDIO GRÁFICO
EM REQUIEM E IMPRESSA PELA PROL EDITORA GRÁFICA EM OFSETE
SOBRE PAPEL PÓLEN BOLD DA SUZANO PAPEL E CELULOSE
PARA A EDITORA SCHWARCZ EM OUTUBRO DE 2008